Umbigo

Umbigo

Lilia Lustosa

Sumário

Apresentação

Land Lilia

É sempre um fato surpreendente quando nasce uma criança. Também acho o mesmo quando nasce um livro de poesia e uma poeta.

Como se sabe, dentro dos poetas nascem coisas: biogramas, urros, ursos, subúrbios e cidades invisíveis. Pois foram elas, as muitas cidades, que nascem aqui nos versos de Lilia.

Cidades altas, baixas, soerguidas, espraiadas, viçosas, viscosas, camurças, com musgos, sem, espelhadas, espumadas, vazias, cilindradas, empilhadas, muitas cidades ao norte, giros ao sul, algumas a oeste, e centrais, sempre orientais dentro dela.

Cidades, mas também gentes, rostos, montanhas, muitas, longas, alvas e altas, com ancas de pedras pretas, cumes enevoados, histórias misturadas a filhos malas amigos marido teses todos esses erres ruídos e vis.

Lilia viu e viveu muita coisa. Seus poemas são fotoemas, filosofemas, videoemas e cinemas expandidos. São grandes os seus miúdos e pequenos os seus sussurros de dor, aqui e ali, gritos gris.

Como se sabe em toda parte, a vida dói. Lilia não se furta a isso, nem ao caos, o desassossego, a angústia, como não se furta ao sorriso e o gesto grandangular.

Aqui, poemas redondos, biscoitos de feira, alguns têm quinas, ferem; outros cospem amarelos, vermelhos, negros, até mesmo cinzas. A maioria é igual tecido de chita.

Pois, como se sabe, verde é a vida e cinza a ideia sonâmbula. Quanto à poesia, está mais para arco-íris, um grandoxumaré deus dansante, na salsa, suingueiro no seu siu siu.

Quando Lilia escreveu estes versos e me enviou, tive amor por eles e por sua palavra, mas também medo por seu destino de poeta. Ainda temo por ele. Ela sabe que não se faz poemas das 8h às 17h.

Sabe que ser sensível é dureza, rijo sofrer até no zum do mosquito. Ela sabe que é dureza vã, peã, ser peão da palavra; se toma peia.

Com a poesia, nem sempre se toma pé.

O leitor desse livro vai encontrar aqui muito coração. Vai encontrar também perfumes, sabores, gostos, eus e infâncias... vai ser renomeado, tocado, inevitável...mente.

Lilia liber est. É sempre um fato surpreendente quando nasce uma criança.

Gustavo Castro

Desde sempre gostei de imprimir meus pensamentos no papel, mas guardava-os só para mim, nunca compartilhando-os com ninguém.

O tempo passou, cresci, casei, virei mãe e, no meio do meu caminho surgiu um poeta que me deu coragem e segurança para exibir meus rabiscos.

De lá pra cá não mais parei. Escasseei algumas vezes, mas nunca sequei, porque descobri-me feita de letras. Enxerguei palavras correndo em meu sangue, frases vez por outra entupindo minhas artérias, até que percebi que só parágrafos logravam desvencilhar-me da escuridão.

Decobri-me então romance em construção. Um acúmulo de capítulos complexos, impressos em gráficas espalhadas pelo mundo. Um conjunto imperfeito de ideias surgidas no nordeste, consolidadas no centro-oeste e agora percorrendo norte-sul-leste-oeste, tendo unicamente como guia o sopro caloroso do incerto.

Sou Lilia dos Ventos, mãe de João e Nina, esposa de Pedro, filha de Paulo e Angélica, irmã de Paulo, Carlos e Ana.

Abro hoje minhas páginas e mostro-me aqui inteira, sem filtros, nem corretores, apenas eu, com minhas folhas amareladas, algumas amassadas, outras rasgadas, com textos rasurados, outros sublinhados, jamais apagados.

Este livro é pra você, Gustavo, meu amigo-padrinho-poeta.

BRASÍLIA

Colecionadora

No meu peito cravei mais uma medalha
E não foi de ouro
Talvez de latão, barro ou qualquer excremento
Milésima quinta vez
Já perdi as contas
Não dá mais para registrar em números
Só em milímetros cúbicos de lágrimas derramadas
Reflexo imediato e não controlado da dor
De tentar, de ousar
Da dor de viver
Pois só se dá ao luxo de perder aquele que arrisca
Que tenta, que desafia
Só os fortes colecionam derrotas.

Papel

O melhor ouvido
O melhor ombro

Melhor meio

De enxugar as lágrimas

Nele desmonto

Me afogo
Respiro

Sobre ele, risco o novo
Brinco de deus
Construo, destruo
Sobrevivo

Necessito
Descarrego
Recarrego
E continuo.

Desrimar

Vomito palavras
Acho que tenho um poema
Pura pretensão
Já vi em algum lugar que poema tem que ter métrica
E rimas

Rima pobre não vale
Tem que ser de rica pra cima
E depois de rica vem o quê?

Riquíssima?

Podre de rica?

Milionária?

Pano pra manga

A capa que uso para vestir minha alma
Não está mais na moda
Se é que já esteve algum dia
Justa
Certa
Quase sempre transparente
Démodé, definitivamente
O certo agora é esconder tudo
É dissimular
Omitir
Cobrir o que não deve, nem pode aparecer
Muito pano
Muita manga
Tecidos opacos
Disfarces, máscaras e fantasias
Esses trajes sim
Nunca estiveram tão em voga!

Raimundo Cela

Ah, marzão sem fim
Que vai e volta sempre pra mim
Que leva embora meus dias e noites
Meu sossego, a calmaria
Mas traz de volta consigo
Em parcelas de ondas salobras
Novos sonhos, fantasias
Eternas esperanças
De outra pescaria.

Modernamente líquida

A linha que prende minhas partes está frouxa
Partes soltas. Alinhavadas. Desamarradas
Coração no pé, cérebro na mão
Pouca coisa em seu lugar
Ser descosturado
Desmantelado

As partes se desprendem
Se querem sós, estando juntas
Se querem juntas enquanto descoladas
Paradoxais. Partedoxais

Ó, ser supremo
Ata-me, costura-me
Aperta-me as linhas
Para me fazer inteira
Completa
Costurada
Una
Inteiramente EU.

Nascimento

As palavras me chamam
Me escolhem
Me apontam o dedo na cara
Me estendem seus braços pidões

Fazem bico de choro
Pego-as no colo
Deixo-me envolver por seu canto
Deixo-me perder em seus abraços
Beijo-as com paixão de mãe

Assim nasce um poema.

Obras-primas

Do meu ventre nasceu João
Meu primeiro poema
Nasceu mirrado
Magrinho e esquálido
Trabalhei-o, burilei-o
Até vê-lo encorpar

Uma vez robusto
Um novo soneto
Me subiu à fronte
E assim chegou Nina
Uma rima pequenina
Franzina e cabeluda
Com olhos negros, boca miúda

Era tão diminuta a pobre criatura
Que pensei não poder trabalhá-la ao esmero
Mas, pelos céus, estava enganada
A rima virou canção entoada
Pelos apaixonados além-estrada

E João, meu primeiro fruto
Ganhou corpo, luz e cor
Tornou-se hino de amor

Até hoje não mais me veio
Tão grande inspiração
Mesmo assim continuo

Vendo e revendo
Cada uma de suas partes
Recompondo suas rimas
Trabalhando suas métricas
Escolhendo as melhores metáforas
Com o sempre sonho
De torná-los obras de arte.

Vazio

A casa está vazia
Sem sentido
Oca
Desfalcada
Desmembrada
Sem ar

A alegria de outrora
Deu lugar a uma espera angustiada
A uma mudez inquietante

Os móveis cederam lugar ao pó
Aos ácaros

Por sorte
Poucos dias me restam
Naquele nada
Pois pouco fôlego me sobra
Dentro de casa.

DIVONNE-LES-BAINS

Filha de outro norte

Hoje acordei estrangeira
Uma estranha passageira
De uma viagem que não cabe em mim

Mais hoje do que ontem, desconheço
Temo, anseio, não reconheço
Me desconheço

Sou brava, sou forte
Sou filha do norte
Mas não deste norte daqui

Meu norte é quente
É seco, árido, queimado
É guerreiro

Neste norte, sou fria
Sou branca, pálida
Sou ninguém
Sou sem norte.

Insônia

Maldita seja
A que rouba meu sono
Sem pedir permissão
A que furta meu descanso
Sem consideração

Bendita seja
A tua profunda escuridão
Que clareia meus pensamentos
E traz luz à inconsciência

Como te odeio
Dama de preto
Como te venero,
Ó musa inspiradora de meu mundo de papel.

Umbigo

No dia em que meu umbigo mudou de casa
Me senti plena
Me senti adulta
Me senti mulher
Nunca tive tanto medo!

Meu euniverso não mais me pertencia
Não estava mais em mim
Foi morar em outro lugar

Tão longe e tão perto
Tão fora e tão dentro de mim
Tão no meu centro

Perdi meu prumo
Meu equilíbrio
Encontrei rumo.

21 de abril

Aniversário de Brasília
Aniversário de Roma
E eu, em Lausanne

Mundo vasto mundo
Se eu me chamasse Raimundo
Não estaria aqui
Nesta parte do mundo

Mas me chamo Lilia
Que rima com Brasília
Terra que me adotou pequena
E que aprendi a amar

Candanga da gema
Surfista do Lago Paranoá
Eu não sou daqui
Eu sou mesmo é de lá.

Figurante

Não me sinto protagonista deste filme
O cenário fui eu mesma que escolhi
O enredo,
Escrevo linha a linha
O elenco,
Não conheço
São todos estranhos
Desconhecidos
Figurantes
Cinema falado com atores mudos
Filme sem estrelas
Apenas eu como figurante principal.

Descartes

Pra quê definir
Se o que importa é sentir

Penso, logo existo
Sinto, logo vivo

Definir e não sentir
Isso não é existir.

Marcas

Rugas
Marcas e cicatrizes
Revelam histórias

Impressas em meu corpo
Contam muito do que fui
Do que sou e do que vivi

Amo cada uma delas
E não quero vê-las sumir
Sugadas por uma qualquer mágica substância
Ou por algum envaidecido bisturi

Venero rugas e cicatrizes
Marcas tão verdadeiras
Vida esculpida em meu próprio corpo
Decalcada em minha alma
Para todo o sempre
Amém.

COPPET

Refém

Me fiz refém da natureza
Presa em casa
Algemada pela neve que cai forte lá fora

Ah, que beleza de isolamento
Que presente divino
Que cai do céu
E me amarra no conforto e calor
Do próprio ninho

Espetáculo para os olhos
Para alma
E para o coração

Frio que aquece
Que une
Que aconchega
Que anuncia a nova estação

Que venha o inverno!

Alvorecer

Vinte anos
Primeiro emprego
Tantos sonhos de futuro
Vida ainda em rascunho

Trinta anos
Empregos já abandonados
Outros desejados
Sonhos redesenhados
Primeiros capítulos já bem registrados

Quarenta anos
Ainda não os escrevi
Mas vislumbro a compilação de alguns rascunhos
Já pensados nesses 36 anos corridos

Talvez colorindo-os com aqueles sonhos
Rascunhados aos vinte
Remodelados aos trinta
Talvez reais nos quarenta
Ou nos cinquenta, sessenta, setenta...

Palavras na veia

As palavras me saem pelos dedos com vontade
Sem controle
Sem censura
Sem razão

De onde elas surgem
Não sei ao certo
Acho que andam soltas pelo corpo
A correr pelo sangue
Me percorrendo as entranhas
As banhas e os pelos

As danadas me dominam
Me escravizam
Me enlouquecem
E me salvam

Elas me enchem o espírito
De um não sei o quê
Que gosto muito
De um andar fora do chão
Do prazer de dar à luz
De dar às trevas, de dar tesão
Acho que são mágicas as tais criaturas
Enfeitiçadas, endiabradas, abençoadas
Magnificamente vivas.

Tipo eu

Sou um ser dividido
Entre o que seria
E o que sou de fato
Entre o intelectual
E o zé povinho
Entre a academia
E o pop
Sou os dois e sou nenhum
Me sinto muitas
Mas sou só uma
Esquisita
Dividida
Tripartida, repartida
Ao quadrado
Fracionada
Ao cubo
Esquartejada
Um tipo estranho
Difícil
Tipo eu negativo.

Escudo

Me faço poeta
Na ânsia de esconder fracassos
Me pinto de escritora
No desejo profundo de desviar a atenção
De tudo que não fui
Não fiz
E não consegui nesta vida

Em meus escritos
Tenho
O melhor disfarce
O mais secreto esconderijo
O escudo mais eficaz
A salvação
Minha farsa
Mais convincente.

Sonho de galinha

Porque Clarice?
Porque Pessoa?

Quisera ser um entregador de pizza
Caixa de supermercado
Empacotador, faxineiro, lojista

Ah, se não tivesse tanto visto
Tanto viajado, tanto conhecido

Maldita boa educação
Que me faz querer ser águia
Quando poderia me regalar
Em ser galinha.

Friamor

E foi numa linda noite de luar
Que frio e ventania
Se puseram a bailar
Seus corpos unidos
Flutuando no céu
Indo, vindo e revindo
Numa cadência silenciosa
Típica dos amantes
Que de palavras não urgem
Apenas de bocas, mãos
Braços, amassos e laços
De infinita paixão.

Em quadrados

Quero sonhos em forma de ameba
De nuvem
De embrulho de velocípede

Não em quadrados
Padronizados
Formatados
Determinados

Quero sonhos multicores
Rasurados, rabiscados
Desformes

Desejo ousar
Diferir
Ir para outro patamar

Anseio inovar
Experimentar
Descobrir
Me aventurar

Sair do quadrado

Longe de Pasárgada

Não vou-me embora pra Pasárgada
Nem quero ser amigo do rei

Prefiro ser por aqui um desconhecido
Mesmo um Zé Ninguém

Prefiro a liberdade do anonimato
A não cobrança dos nobres
A deselegância despreocupada dos plebeus

Quero a paz de espírito
Privilégio dos menos favorecidos
Dos não letrados
Dos conformados
Dos esquecidos

Buraco

Aonde foi a alegria?

Tenho medo de cair no buraco

Penso grande quando penso triste
Gero versos, estrofes, palavras
Que me escapam pelos dedos
Que se batem forte contra o teclado

Tenho medo de cair no buraco

Mas a tristeza é senhora
Penso em Gil
No samba
No fado
No sofrido embalo da poesia

Quero sair do buraco.

LA LUCILA

Autoanálise 41

Sou sem nunca ter sido
Vago nesse limbo do não ser
Desde que primeiro fui

Não me encontro
Não me encaixo

Nem esquerda, nem direita
Centro tampouco

Nem rica, nem pobre
Classe média não me traduz

Coisa amorfa
Deslocada
Mas não tresloucada

Normal demais pra ser insana

Ah, se fosse um pouco mais desligada
Menos preocupada em fazer direito

Ah, se fosse um pouco mais *gauche* nessa vida
Se me permitisse errar mais

Gosto de regras
Contesto as regras

Não me conformo
Desenformo sem poder nada mudar

Não encontro meu lugar

Tenho um?

Desejo de Nise

Queria uma loucura
Pra me libertar da sanidade
Da racionalidade burra
Que me prende
Me amarra

Queria uma Nise da Silveira ao meu lado
Pra me liberar a arte
O espírito
A alma

Pra desorientar meu pensamento
E me trazer a liberdade
A paz que tanto busco e não alcanço
Apesar da vida de pseudo-madame

Estrangeira

Entendo cada vez mais Clarice
Seus monstros
Suas estranhezas
Suas vergonhas
Sua Berna fria e cinzenta
Seu não pertencimento
Suas fugas
Seu retorno
Entendo cada vez mais os descaminhos
Que a conduziram a um universo kafkiano
Opressivo
Escuro
Enigmático
Tão pessoal
Tão dela
Tão meu.

Embalagem

Os cabelos se tingem de branco
E daí?
O rosto está cada dia mais marcado por rugas
E daí?
Os braços se pintam de manchas multiformes
E daí?

No meio da testa carrego uma marca profunda
Preocupação? Estresse?
Quem sabe?

O corpo ganhou novas formas
Novas cicatrizes
Recoberto por uma pele cada dia mais flácida

Sem plástica
Nem lipo
Nem botox

Não ganho a vida com cabelos
Nem com corpo
Nem com rosto
Nem com nada que é casca

Sou muito mais do que esta embalagem que me
veste

E daí?

Lembro de Clarice

Esta casa não é amiga
Lembro de Clarice
Esta umidade é desconhecida
Lembro de Clarice

O cheiro de roupa seca num dia sem sol
Impregna o ar
Inimigo
O cheiro verde musgo
impregna o corpo
Domina a vida
Que agora não é amiga

Sonho com a secura de Brasília
Com o conforto da língua de Machado
Com o pisar na terra vermelha

Com a segurança de saber pegar uma tesourinha
De andar pelo Eixão e pelo Eixinho

Sei que Clarice não era de lá
Ainda assim é dela que lembro.

Cinza

Quisera ter 80 anos
Olhar pra trás e ver o tudo feito
Sem a obrigação do por fazer
Sem o peso do não fazer

Quisera já ter a cabeça toda branca
Sem ter que passar pela cobrança da tinta
O rosto todo enrugado
Sem o apelo do botox
O peito caído
Sem a vizinhança do silicone

Me rebelo contra a moda
Contra a mídia
Contra as redes
Brigo, argumento, reclamo, aponto o dedo
Me torno ranzinza
Cinza

Me falta cor
Me falta brilho
Me falta vida

Me sobram vincos
Marcas, cicatrizes
Me restam sonhos não alcançados
Passos não dados
E esse medo gigante de ser

Esse medo que me domina há 43 anos
Que não envelhece
Só cresce
Se rejuvenesce
Me entristece.

Poliglota

De que adianta falar tantas línguas
Se não consigo dizer o que preciso?

Não sai
Está preso em mim
Esbarrando nos limites da pele
Se enganchando nos meus pelos ralos
Se consumindo num estômago apodrecido
que me queima com sua acidez
E volta para a garganta em forma de refluxo

Abro a boca
Nada sai
Só lágrimas brotam dos meus olhos
Palavras?
Nenhuma
Fecho as pálpebras
Vejo imagens confusas
Frenéticas
Embaralhadas, avermelhadas

Me dói a cabeça

Falta de ferro
Diz o médico
Falta de ânimo
Penso eu

Me falta coragem
Alegria
Quero gritar
Falar
Mas nada sai
Em língua nenhuma.

Sabiás de Pasárgada

Vou-me embora pra Pasárgada
Lá não sou amigo do rei
Nem da rainha
Nem do presidente
Ainda bem

Meus amigos estão nas ruas
Nos bares
Nos eixos
No lago
Nas agências de publicidade
Nos shoppings
Nos parques
Nos cinemas
Nos supermercados

São alegres, são tristes
São bons, são maus
São meus
Me conhecem
Me entendem
Ou não

Minha terra tem ipês
Onde cantam os sabiás
Mas os sabiás que aqui gorjeiam
Não são como os de lá

Aqui eles são raivosos
Não cantam
Gritam
Será que querem ir-se pra Pasárgada?

Ao léu

Tenho inveja das mãos que tocam a terra
Que cavam buracos
Que fazem nascer casas e plantas

Inveja das marmitas e coca-colas divididas
Das risadas verdadeiras
E das histórias contadas ao léu

Inveja do dia que termina às cinco
De um projeto que se toca com a mão
Do sol de um domingo
Com a cabeça cheia de descanso

Inveja de ver surgir a cada dia
Um pedaço do futuro
De um sonho concreto
Feito de ferro, vidro, água e areia.

Cochilo

Tempo livre
Alma prisioneira

Não sei cochilar

Ao redor tudo me incomoda
Sufoca
Consome
O mundo pesa

Não sei cochilar

O barulho do borrifador de água
Na roupa esperando pra passar
A centrifugação da máquina
Os carros do lado de fora
Tudo irrita
Tudo distrai

Não sei cochilar

Páginas em branco
Ideias soltas na cabeça
O relógio avança
Me aperta
Me destroça

Preciso cochilar

Falta pouco
Falta muito
A linha de chegada
É uma miragem

Preciso cochilar

Sonho
Sofro
Vibro
Desespero
Será que chego?

Tenho que aprender a cochilar.

Aluga-si

Cansei de mim
Da cara
Voz
Corpo
Cheiro
Cor
Cabelo

Não aguento mais
Tanta rabugice
Tanto egoísmo
Tanta pequenez
Tanta ruga
Tanta rusga
Tanta reclamação
Tanta alucinação
Tanta negatividade
Tanta amargura

Me alugo por tempo indeterminado.

Banho

O homem da parede olha pra mim
Não, não é a carne flácida que lhe chama a atenção
Nem o peito caído
Nem o pentelho grisalho

É o que está lá dentro que fede
Que apodrece
Que já atingiu estado de calamidade privada

Que a água de banho não lava.

Asas

Maldita hora em que te desenhei asas nas costas
Bendita hora em que te ensinei a voar

Voe alto
Mas não te afastes
Volte sempre pra desanuviar.

Saudade dele

Coloquei a saudade no armário
E saí pra passear

A danada escapou pelas frestas bem estreitas
Passou por debaixo da porta de entrada
E veio de novo em meu corpo se acomodar

Uma dor na boca do estômago
Um oco dentro do peito
Um angustiante mal estar

Tentei arrancá-la das entranhas
Puxando-a sem nem mesmo pensar
Encarei-a bem de frente
E disse que lhe encontraria um novo lar
Dentro de uma bolsa bem fechada por um zíper
Ou dentro da geladeira de algum bar

Mas a danada não queria saber de nada
E insistia em gritar
Até a volta dele
Este aqui é o meu lugar!

RECOLETA

Expatriada

Sem saber para onde mirar
Sem ter onde me agarrar
Não quero ficar

Amigos indo
Abandono vindo
Quero ir
Não aguento mais este lugar

Quero colo
Quero filhos
Quero rumo
Quero viajar.

Coronária

Angústia é ferida que dói e se sente
É um entristecer-se de repente
É dor que desatina a doer
É um aperto forte no peito
Como se um nó ali fosse feito

Falta ar
Sono também
Concentração desaparece
E um desassossego desmedido
Invade todo o corpo
Acho que vai me matar.

CIDADE DO MÉXICO

Pesada

Carrego o peso de querer acertar
De seguir regras
De fazer o correto

Carrego o peso de não ser leve
De não ser malandro
De não levar na esportiva

Cresci num país onde bonito é ser esperto
É furar fila
É levar vantagem

Não me encaixo
Não me acho
Não arredo o pé

Bicho estranho
Com gente esquisita
Eu não sou legal.

A festa

A tese acabou
Os amigos se foram
Os filhos cresceram
Os pais envelheceram
Os países adoeceram
As horas se esticaram
E a festa onde está?

Jacarandás

Pinta-se de lilás o meu bairro
Florescem novas cores dentro de mim
Enfim

O porteiro do prédio da esquina
Varre as folhas caídas e sorri pra mim

O vendedor de chapéus de palha
Me acena com seu jeito de arlequim

Primaveresce no meu bairro
Por fim.

Poemando

Sonho em estrofes
Em métricas e rimas
O sono se vai
A poesia se vem

Se instala
Se afina

Rouba sonhos
Me enche de líricas
De angústias
E de rendas finas

Mas foge
Antes do sol pousar em mim

Acordo vazia.

Baile de máscaras

Brancas
Azuis
Amarelas
E Pretas

Nem brincam na luz
Nem são borboletas

Cobrem
Protegem
Escondem
Salvam
Até libertam

Mas não voam
Não são borboletas.

À tona

Meus nós estão afrouxando
Se desatando
A camisa que visto já não é mais de força
Tingiu-se de flores
De cores e estampas

Volto a respirar
A sonhar
A fabular
A vislumbrar novos mundos
Bem fundos
Giramundos.

Lilia dos ventos

Nasci Nordeste
Cresci Centro-Oeste
Amadureço entre Norte,
Sul, Leste e Oeste
Esperando pra ver
Onde os ventos
Me deixarão envelhecer.

COORDENAÇÃO EDITORIAL Nathan Matos

EDIÇÃO Camila Araujo

REVISÃO Camila Araujo

CAPA Sérgio Ricardo

Projeto Gráfico e Diagramação Nathan Matos

Dados Internacionais de Catalogação na Publicação (CIP) de acordo com ISBD

L972u

Lustosa, Lilia

Umbigo / Lilia Lustosa. - São Paulo, SP : LiteraturaBr, 2021.

80 p. ; 14cm x 21cm.

Inclui índice.

ISBN: 978-65-89877-05-9

1. Literatura brasileira. 2. Poesia. I. Título.

2021-3991

CDD 869.1

CDU 821.134.3(81)-1

Elaborado por Odilio Hilario Moreira Junior - CRB-8/9949

Índice para catálogo sistemático:

1. Literatura brasileira : Poesia 869.1

2. Literatura brasileira : Poesia 821.134.3(81)-1

literaturabr.com

contato@literaturabr.com

LiteraturaBr

LITERATURABR
EDITORIAL